DIZAIN

DE SONNETS

PAR

PAUL VIBERT

Prix : 50 centimes.

PARIS

E. LACHAUD et Cie, LIBRAIRES-ÉDITEURS

4, PLACE DU THÉATRE-FRANÇAIS, 4

1875

DIZAIN

DE SONNETS

PAR

L. VIBERT

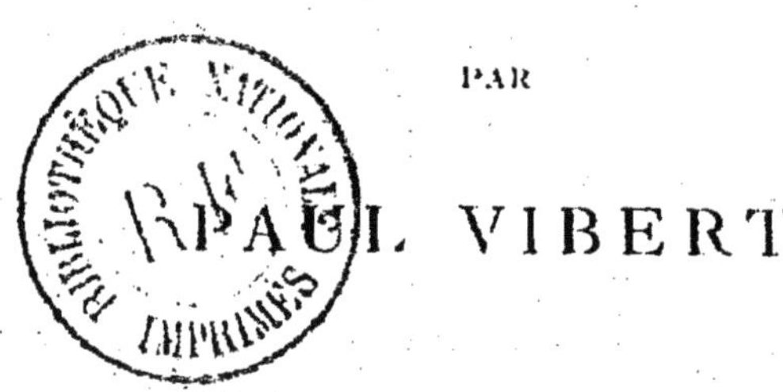

Prix : 50 centimes.

PARIS

E. LACHAUD et Cie, LIBRAIRES-ÉDITEURS

4, PLACE DU THÉATRE-FRANÇAIS, 4

1875

DIZAIN

DE SONNETS

MES SŒURS

—

A MADAME CÉLESTE SALOMÉ

—

La nature autrefois me fit don d'une sœur ;
Pour moi, petit enfant, dont l'âme était si tendre,
Ce fut, je vous le jure, un bien rare bonheur ;
Mais les anges du ciel n'ont pas voulu l'attendre !

Un soir elle mourut !.... En voyant ma douleur
Et mes larmes d'enfant qui ne sait se défendre,
Le Seigneur s'attendrit et consola mon cœur
En me disant tout bas qu'il allait me la rendre.

Blanche, éclose un matin sous le toit désolé,
Répandant au logis le rire consolé,
Eteignit à jamais les feux de ma tristesse.

Mais, Madame, aujourd'hui jugez de mon ivresse ;
Je devais une sœur à la bonté des cieux ;
Je vous dois maintenant d'en pouvoir aimer deux !

L'AVENIR

—

Il en est pour lesquels l'avenir, plein de joie,
Offre l'image du bonheur,
Qui toujours devant eux trouvent libre la voie
Et butinent de fleur en fleur.

Oh ! comme ils sont heureux ! jamais leur front ne ploie
Sous le fardeau de la douleur ;
Dans les flots du plaisir leur tristesse se noie,
Quoi pourrait agiter leur cœur ?

L'avenir !.... oh ! pour moi, c'est le désespoir sombre,
C'est l'inflexible mort, c'est les soucis sans nombre,
C'est l'inconnu mystérieux.

L'avenir !..... serait-il le baiser d'une femme,
Serait-il son amour, son haleine de flamme,
Et son regard parlant des cieux ?

LE HULAN

—

Quel est donc ce soldat à la mine farouche
Une lance à la main ? Son coursier écumant
Fait sonner le pavé ; la bave de sa bouche
Apparaît aux regards comme un brasier fumant.

« Ce qu'il me faut à moi, c'est la funèbre couche
« Où se tord du vaincu le dernier râlement ;
« C'est le bruit du canon qui brise ce qu'il touche
« Et de sa grande voix crie à chaque moment :

« En avant, mes amis ! savourons le pillage !
« La victoire est à nous ; oh ! des pleurs, du carnage,
« Quelques brocs à vider, quelque fille !.... en avant ! »

Soldat au cœur de fer il bondit dans l'espace.
— Mes enfants, garde à vous, c'est un hulan qui passe.
Et le trot s'éteignit emporté par le vent !

A UNE COQUETTE

—

Vous rêvez de parure,
Dentelles et bijoux ;
Vous aimez le murmure
Des flatteurs à genoux.

Mais je vous en conjure,
De leurs jolis yeux doux
Redoutez la piqûre
Et prenez garde à vous.

Pourquoi donc cette mine ?
Vous songez, j'imagine,
A quelque charmant tour.

Si vous voulez m'en croire,
La plus belle victoire
Est céder à l'amour !

DÉSESPOIR

—

Je crus à l'avenir de même qu'au bonheur,
J'ai chanté les amours dans un tendre délire ;
Mais aujourd'hui le doute est entré dans mon cœur,
J'ai pleuré le passé, puis j'ai brisé ma lyre !

Pour nous tout ici-bas n'est que sombre douleur,
J'ai sondé l'inconnu sans y pouvoir rien lire,
Partout j'ai rencontré le mensonge et l'erreur
Guidant l'humanité, lamentable martyre.

L'homme engendre toujours, quoi qu'il fasse, la nuit ;
La malédiction sans cesse le poursuit,
Ce ne sont que des pleurs et des peines cuisantes.....

Tandis que la folie agite ses grelots,
Le refrain commencé s'éteint dans les sanglots,
Nous n'avons même pas de larmes bienfaisantes !.....

BOUTADE

—

Pourquoi, trompeuse fille,
Me parlez-vous d'amours ?
Par pitié, ma gentille,
Fuyez-les pour toujours ;

Faites courir l'aiguille
Sur vos jolis atours,
Volez sous la charmille
Oublier les pastours.

Cupidon par ses armes
Fait couler trop de larmes
A tout cœur bien épris.

Mais celui qui l'ignore,
Croyez-moi, chère Laure,
Du bonheur sait le prix !

ROSSEL MOURANT

—

— «-J'ai vu gronder l'émeute.... et la sombre terreur
Ramenait sur Paris les crimes d'un autre âge ;
Des milliers d'assassins écumants de fureur,
Se livraient sans relâche au plus sanglant carnage !

Le feu des passions a calciné mon cœur,
La poudre des combats a noirci mon visage ;
Le râle des mourants, la guerre en son horreur
Jamais n'ont ébranlé mon âme et mon courage.

La mort!.....depuis longtemps je suis son compagnon!
Je l'ai vue accourir à la voix du canon,
Dévorer mille fronts qui bravaient la mitraille !

Depuis longtemps son spectre assis à mon côté
Creusait de mon tombeau l'obscure éternité !
Faut-il qu'en ce moment mon faible cœur défaille ! »

SOUVENIR

—

Te souviens-tu de ce jour de bonheur
Où sur les flots de la mer azurée,
Nous écoutions la chanson du pêcheur
Se détachant sur la vague dorée ?

Oh ! comme alors était brûlant mon cœur
En contemplant ta figure adorée ;
J'aurais voulu, plein d'une tendre ardeur,
Éterniser de ce jour la durée !

Il est passé cet instant plein d'amour
Qui disparut avec l'astre du jour
En me laissant charmante rêverie.

Alors !... alors comme j'étais heureux
De voir le vent onduler tes cheveux
Et te bercer tendrement, ô Marie !

LA NOCE

—

Ils cheminent joyeux , saturés de bonheur,
Les yeux étincelants, la poitrine oppressée,
Aux agrestes accords d'un piston tapageur,
Dont l'écho jette au loin la note cadencée.

Admirez leurs ébats, écoutez la rumeur
De la noce animant la paisible chaussée,
Les propos amoureux du brillant épouseur
Et le rire câlin de la belle encensée ;

En les voyant ainsi, j'étais silencieux,
L'âme pleine de trouble et le cœur soucieux :
Le présent danse et rit ; demain gronde le doute.

Soyez heureux, enfants ! soupirai-je tout bas,
Chassez les noirs soucis qui pleurent sous vos pas.
Parsemez aujourd'hui de roses votre route !

LA STATUE

A H. BUFFENOIR

Souvent elle venait en mon humble logis,
Les yeux brillants de joie et noyés d'allégresse,
Oublier dans mes bras ses somptueux lambris,
Et verser dans mon sein sa délirante ivresse.

Timides l'un et l'autre et parfois indécis
Au milieu d'un baiser, ce gage de tendress..,
J'écoutais enivré ses chansons et ses ris :
Vingt ans ! J'étais heureux, j'avais une maitresse.

Elle était belle et bonne et c'était chaque jour
Avec de doux serments un plus touchant amour ;
Hélas ! vite au bonheur notre âme s'habitue.

J'avais cru rencontrer un cœur sur mon chemin,
Le sentir palpiter sous les contours du sein :
La femme que j'aimais n'était qu'une statue !

OUVRAGES DE THÉODORE VIBERT

Edmond Reille, roman philosophique en deux volumes. — Venise, Fontainebleau.

Les Girondins, poëme national. — 3me édition épuisée.

Les quatre Morts, poëme. — 3me édition épuisée.

Les Satires Gauloises, épuisé.

Les journaux de Paris : la Presse, le Siècle, la Revue des Deux-Mondes, la Revue Britannique, la Revue Contemporaine, le Mercure de France, la Revue de Paris, l'Alliance des Lettres, l'Europe Littéraire, l'Echo des Provinces, la Muse Gauloise, la Jeune France, la Petite Revue, l'Ange Gardien, la Revue Indépendante, le Courrier de Paris, le Gaulois, le Journal des Arts, l'Ami des Livres, l'Ami de la Religion, le Messager, le Figaro-Programme, le Parisien, la Revue des Bons-Livres, le Droit Commercial, la Bibliographie Catholique, la Critique Française, la Revue des Poëtes ; — les journaux de Bordeaux : le Propagateur, le Courrier de la Gironde, le Concours poétique ; — de Lille, de Toulouse, de Honfleur, de Condé, de Limoges, de Saint-Quentin, du Quercy, de Tinchebray, de Lons-le-Saulnier, d'Abbeville, de Falaise, de Valenciennes, de Saint-Michel, de Béziers, de la Corse, de Dresde (Allemagne), — de Québec : Courrier du Canada et

Journal de l'Instruction publique; — de Lévis (Canada), de Montréal (Canada), de Bruxelles (Belgique), de Mont-de-Marsan, de l'Aube, des Charentes, de Pont-Audemer, de l'Orne, de Louviers, de Lyon, de Roubaix, de Mâcon, le Bas-Breton, le Luçonnois, de Draguignan, de Tarbes, de Marseille, de Brionne, de Sézanne, de Montmédy, etc., ont rendu compte de ces ouvrages.

DU MÊME AUTEUR, SOUS PRESSE :

RIMES D'UN VRAI LIBRE-PENSEUR.

Pour paraître prochainement :

LE DROIT DIVIN DE LA DÉMOCRATIE.

Aix, Imp. Vᵉ Remondet-Aubin.

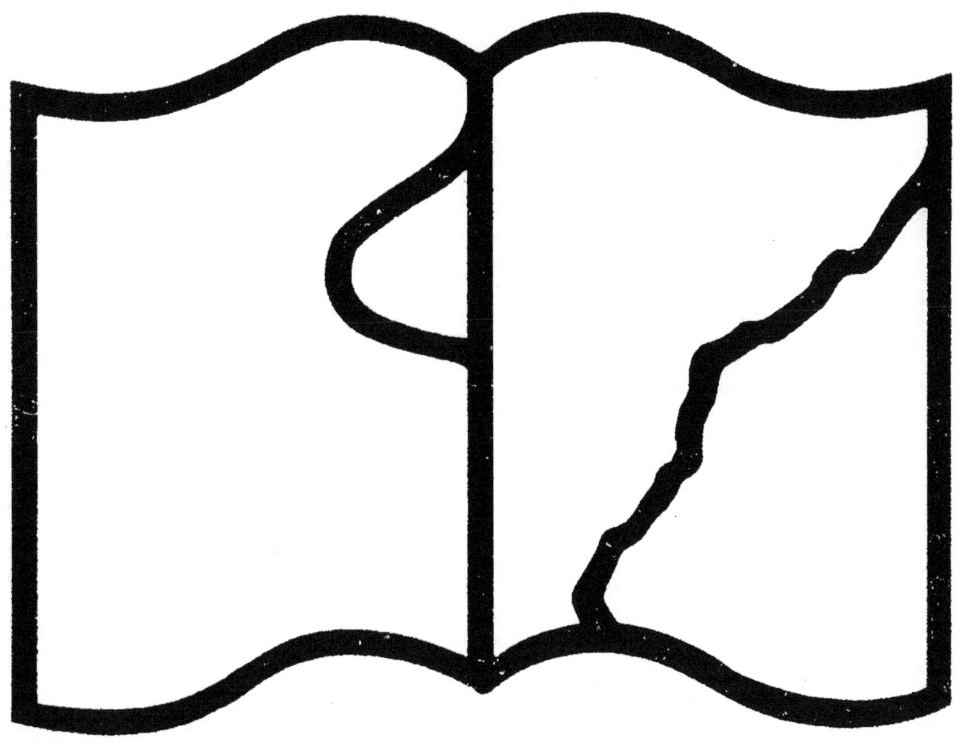

Texte détérioré — reliure défectueuse

NF Z 43-120-11

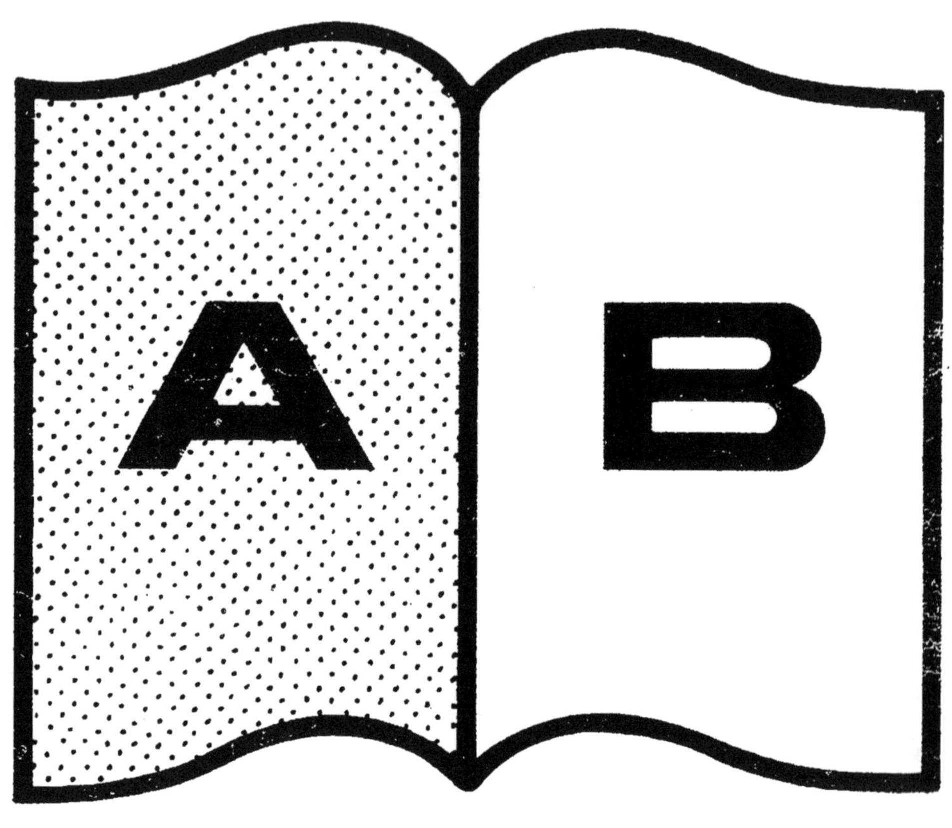

Contraste insuffisant

NF Z 43-120-14